Alianza Cien
se propone acercar a todos
las mejores obras de la literatura
y el pensamiento universales
en condiciones óptimas de calidad y precio,
e incitar al lector
al conocimiento más completo de un autor,
invitándole a aprovechar
los escasos momentos
de ocio creados por las nuevas formas de vida.

Alianza Cien
es un reto y una ambiciosa iniciativa cultural.

IMPRESO EN PAPEL ECOLÓGICO
(EXENTO DE CLORO)

Jack London

Por un bistec
El chinago

Alianza Editorial

Diseño de cubierta: Ángel Uriarte
Traducción de Carmen Criado

© Alianza Editorial, S. A. Madrid, 1993
Calle J. I. Luca de Tena, 15, 28027 Madrid; teléf. 741 66 00
ISBN: 84-206-4607-5
Depósito legal: M. 31.061-1993
Impreso en COBRHI, S.A.
Printed in Spain

Por un bistec

Con el pedazo de pan que le quedaba, Tom King rebañó del plato la última partícula de gachas y masticó con aire meditabundo el bocado resultante. Luego se levantó de la mesa con una inconfundible sensación de hambre en el estómago. Y, sin embargo, él era el único que había comido. A los niños que dormían en el cuarto vecino les habían mandado a la cama antes de la hora acostumbrada, para que con el sueño olvidaran que no habían cenado. Su mujer no había probado bocado, y le contemplaba en silencio, sentada frente a él, con mirada solícita. Era una de esas mujeres de la clase trabajadora, consumidas y prematuramente avejentadas, aunque en su rostro aún se adivinaban restos de una belleza pasada. La harina para hacer las gachas la había pedido prestada a la vecina de enfrente, y los últimos dos peniques que les quedaban los había empleado en comprar pan.

King se sentó junto a la ventana en una silla desvencijada que protestó quejumbrosa bajo su peso.

Mecánicamente se llevó la pipa a la boca y hundió la mano en el bolsillo de la chaqueta. La ausencia de tabaco le hizo cobrar conciencia de su acción y, reprochándose su olvido con gesto malhumorado, volvió a guardarse la pipa en el bolsillo. Sus movimientos eran lentos y casi forzados como si el peso de sus músculos representara para él una carga. Era un hombre de cuerpo fornido, aparecía imperturbable, y no precisamente atractivo. Llevaba un traje raído, viejo y deformado. El cuero de los zapatos no soportaba ya el peso de las suelas que él mismo les había puesto no precisamente en días muy recientes, y su camisa de algodón, que a lo más habría costado un par de chelines, tenía el cuello deshilachado y unas manchas de pintura imposibles de quitar.

Pero era el rostro de Tom King lo que anunciaba al mundo lo que era. Tenía la cara típica del luchador profesional, de un hombre que había pasado muchos años de servicio en el ring y que a lo largo de ellos había adquirido y acentuado todos los rasgos que caracterizan al animal de pelea. Era el suyo indudablemente un semblante amenazador, y para que ningún rasgo escapara a la vista del observador, iba además perfectamente afeitado. Los labios informes formaban una boca de línea excesivamente dura que se abría en su rostro como una cuchillada. La mandíbula era agresiva, voluminosa, brutal. Los ojos, de movimientos lentos y párpados pesados, carecían casi de expresión bajo las cejas pobladas y muy juntas. Todo en él era puro animal, pero los ojos eran lo más animal de todo. Eran los ojos adormilados, leoninos del animal luchador. La frente huidiza se inclinaba hacia atrás, hacia el nacimiento del cabello que, por estar cortado al cepillo, mostraba todos y cada uno de los bultos de aquella cabeza de abominable apariencia. La nariz, dos veces rota y moldeada del modo más irregular posible por incontables golpes, y una oreja en forma de coliflor, permanentemente hinchada hasta alcanzar dos veces su volumen, completaban su apariencia, mientras que la barba, a pesar del cuidadoso afeitado, pugnaba por brotar, dando a su rostro un tinte azul negruzco.

En conjunto, era aquél un rostro que inspiraría temor de encontrarlo en un callejón oscuro o en un lugar solitario. Y, sin embargo, Tom King no era criminal ni había cometido jamás delito alguno. Aparte de los golpes propios de su profesión, no había hecho jamás daño a nadie. Tampoco se le tenía por hombre pendenciero. Era boxeador y toda su brutalidad la reservaba para sus actuaciones profesionales. Fuera del ring era una criatura tranquila y bonachona y en los días de su juventud, en que el dinero fluía por sus manos en abundancia, había demostrado ser también más generoso de lo que por su bien le hubiera convenido ser. No abrigaba resentimientos contra nadie y tenía muy pocos enemigos. Pelear constituía para él estrictamente una profesión. En el ring, claro está, pegaba para herir, para mutilar, para destruir, pero sin especial animadversión. Se trataba sencillamente de un negocio. El público pagaba para ver cómo un hombre dejaba a otro fuera de combate. El que ganaba se llevaba la mayor parte del dinero. Cuando Tom King, veinte años antes, se había enfrentado con Woolloomoolloo Gouger, sabía que sólo hacía cuatro meses le habían roto a Gouger la mandíbula en un combate en Newcastle. Todos los golpes los dirigió contra esa mandíbula, y si en el noveno asalto la rompió de nuevo, no fue por animadversión hacia su contrincante, sino porque aquél era el modo más seguro de ponerle fuera de combate y hacerse con la bolsa. Tampoco Gouger le había guardado resentimiento por ello. Eran las reglas del juego; ambos las conocían y a ellas se atenían.

Tom King nunca había gustado de la conversación, y así permaneció sentado junto a la ventana, sumido en un silencio moroso, contemplándose las manos. Las venas destacaban en el reverso de ellas, grandes e hinchadas, y los nudillos, aplastados, deformes y golpeados, revelaban el implacable castigo que habían recibido. Él nunca había oído que la vida del hombre equivale a la vida de sus arterias, pero sí conocía el significado de aquellas venas grandes y excesivamente destacadas. Su corazón había hecho circular por ellas demasiada sangre a la máxima presión. Y ya no cumplían bien su oficio. Había forzado demasiado su elasticidad, y con la distensión venía la falta de eficiencia. Ahora se fatigaba con facilidad. Habían pasado a la historia aquellos combates de veinte asaltos rápidos, de incansable violencia, veinte asaltos de golpear, golpear y golpear de gong a gong, embate tras embate, de ser acorralado hasta las cuerdas y de acorralar a su vez a su contrincante, de ataques aún más duros y rápidos en el veinteavo asalto, el último con el público gritando a uno en pie, y él acometiendo, pegando, esquivando, asestando diluvios de golpes sobre diluvios de golpes y recibiendo a su vez nuevos diluvios de golpes, mientras el corazón seguía enviando puntualmente la sangre inflamada a las venas correspondientes. Las venas, dilatadas durante el combate, volvían después a recuperar su diámetro normal... aunque no exactamente. Con cada combate, imperceptiblemente al principio, quedaban una pizca más hinchadas que antes. Contempló las venas y también los nudillos maltratados, y por un momento recordó el esplendor juvenil de aquellas manos antes de aplastar el primer nudillo en la cabeza de Nenny Jones, conocido también como «El terror de Gales».

La sensación de hambre volvió a acuciarle.

—¡Con qué buenas ganas me comería un bistec! —murmuró en voz alta, cerrando los enormes puños y escupiendo entre dientes un juramento.

—Les pedí a Burke y a Sawley —dijo a su mujer casi en tono de disculpa.

—¿Y no quisieron fiarte? —preguntó.

—Ni un solo penique. Burke dijo... —le falló la voz.

—¿Qué te dijo?

—Que pensaba que Sandel ganaría esta noche y que ya le debemos bastante.

Tom King dio un gruñido pero no contestó. Pensaba en el foxterrier que había tenido de joven, y al que alimentaba con bistecs sin fin. Burke le habría fiado entonces mil bistecs..., pero eso era entonces. Ahora los tiempos habían cambiado. Tom King se hacía viejo y los viejos que pelean en clubs de segunda categoría no pueden esperar que les fíen los carniceros.

Aquella mañana se había levantado con ganas de comerse un buen bistec y esas ganas no habían desaparecido. La verdad es que no había tenido un entrenamiento decente para el combate. Aquel año había sequía en Australia, los tiempos estaban difíciles y hasta los trabajos más eventuales eran difíciles de encontrar. No había tenido un contrincante con quien entrenarse y su alimentación no había sido la más indicada, por no decir la suficiente. Había trabajado de peón de albañil los días en que le habían contratado, y por la mañana temprano había corrido por el parque del Domain para mantenerse en forma. Pero entrenarse solo es difícil, y más si se tiene una esposa y dos hijos que alimentar. Algo habían mejorado las cosas cuando le propusieron el combate con Sandel. El secretario del Gayety Club le había adelantado tres libras (cantidad que de todos modos se llevaría el perdedor) y no había querido darle ni un penique más. De vez en cuando había conseguido que le prestara unos cuantos chelines algún viejo amigo que le habría adelantado más de no ser por la sequía y porque él también estaba pasando apriétos. No, era inútil ocultarlo... Lo cierto era que su entrenamiento no había sido lo que se dice satisfactorio. Para empezar habría tenido que comer mejor y tener menos preocupaciones. Además, a los cuarenta años es mucho más difícil mantenerse en forma que a los veinte.

—¿Qué hora es, Lizzie? —preguntó.

Su mujer fue al piso de al lado a preguntar, y regresó.

—Las ocho menos cuarto.

—En pocos minutos comenzarán el primer asalto —dijo—. Es sólo una prueba. Luego viene un combate a cuatro asaltos entre Dealer Wells y Gridley y otro a diez asaltos entre Starlight y un marinero. A mí no me toca hasta dentro de una hora.

Tras diez minutos de silencio, se puso en pie.

—La verdad, Lizzie, es que no he tenido un entrenamiento adecuado.

Cogió el sombrero y se dirigió a la puerta. No dio un beso a su mujer porque nunca lo hacía al irse, pero esta vez fue ella la que se atrevió a besarle, echándole los brazos al cuello y obligándole a bajar su rostro hasta el de ella. Parecía muy pequeña al lado de aquella montaña humana.

—Buena suerte, Tom —le dijo—. Esta vez tienes que ganar.

—Tengo que ganar —repitió él—. No hay otra solución. Tengo que ganar.

Rió, tratando de restar importancia al asunto, mientras ella se apretaba aún más contra él. Por encima de los hombros de su mujer miró la habitación desnuda. Aquello era todo lo que tenía en este mundo; los alquileres atrasados, ella y los niños. Y lo dejaba para hundirse en la noche y conseguir carne para la hembra y los cachorros, no como un obrero moderno que acude a la gran planta industrial, sino a la manera primitiva, majestuosa, animal: luchando por ella.

—Tengo que ganar —repitió, esta vez con un dejo de desesperación en su voz—. Si gano son treinta libras; puedo pagar todo lo que debemos y todavía nos quedará un buen pico. Si pierdo no me darán nada, ni siquiera un penique para poder volver a casa en tranvía. El secretario ya me ha dado todo lo que se lleva el perdedor. Adiós. Si gano volveré directamente a casa.

—Te estaré esperando —le dijo ella desde la puerta.

Tenía que recorrer unas dos millas hasta el Gayety Club, y mientras caminaba recordó cómo en sus buenos tiempos (en su día había sido campeón de pesos pesados de Nueva Gales del Sur), iba al combate en un taxi que, por lo general, pagaba algún aficionado por el placer de acompañarle.

Tommy Burns y Jack Johnson, el yanqui, iban en su propio automóvil... ¡y él andaba! Y, como era bien sabido, caminar dos millas no es la mejor preparación para un combate. Él ya era viejo y al mundo no le gustaban los viejos. Y no servía más que para peón de albañil y aun para eso la nariz rota y la oreja hinchada no constituían la mejor recomendación. Ojalá hubiera aprendido un oficio. A la larga le habría ido mucho mejor. Pero nadie se lo había aconsejado nunca, y en el fondo sabía que aunque se lo hubiera dicho, él no habría hecho caso. Todo había sido tan fácil... Dinero en abundancia, combates gloriosos, períodos de descanso entre pelea y pelea, un séquito de aduladores, palmadas en la espalda, apretones de manos, aficionados deseosos de invitarle a una copa a cambio del privilegio de hablar con él durante cinco minutos, y luego la gloria, los aplausos del público, los finales apoteósicos, el «King gana» del árbitro y, al día siguiente, su nombre en la sección deportiva de los periódicos.

¡Aquéllos sí habían sido buenos tiempos! Pero ahora, a su modo lento y meditabundo, comenzaba a darse cuenta de que los que había vencido entonces eran tipos acabados. Él era la Juventud pujante, y ellos la Vejez que se hundía. No en vano había sido fácil vencer a aquellos hombres de venas hinchadas, nudillos aplastados y el cansancio en los huesos por los largos combates que habían librado. Recordó el día en que en el dieciocho asalto había dejado fuera de combate en Rush Cutter a Stowsher Bill, y cómo el viejo Bill había llorado después en el vestuario como un niño. Quizá Bill debía también varios meses de alquiler. Quizá le esperaban también en casa una esposa y dos hijos. Y quizá el día del combate había sentido también ganas de comerse un bistec. Bill había peleado con valor y había soportado un castigo increíble. Ahora, después de pasar por lo mismo, veía claro que hacía veinte años Stowsher Bill se había jugado más en aquel combate que él, Tom King, que había peleado por la gloria y el dinero fácil. No era de extrañar que después hubiera llorado en el vestuario.

Para empezar, un hombre sólo podía aguantar un número determinado de combates. Ésa era la ley inflexible del juego. Uno podía aguantar diez y otro podía aguantar veinte; a cada uno le correspondía un número determinado, de acuerdo con su naturaleza y su fibra, pero una vez alcanzado ese número estaba acabado. Sí, él había aguantado más peleas que la mayoría de ellos y había mantenido más de la cuenta de aquellos combates duros, salvajes, de esos que hacen trabajar al máximo los pulmones y el corazón, de los que restan elasticidad a las arterias y anquilosan la tersa musculatura de la juventud, los que acaban con los nervios y la resistencia y fatigan los huesos y el cerebro con el esfuerzo excesivo. Sí, él se había defendido mejor que los otros. De sus adversarios de antaño ya no quedaba ninguno. Él era el último de la vieja guardia. Había sido testigo del fin de todos ellos y hasta había contribuido a acabar con más de uno.

Le habían enfrentado con los viejos, y uno a uno había vencido a todos, riendo cuando, como en el caso de Stowsher Bill, lloraban en el vestuario. Y ahora él era viejo también y le enfrentaban con los jóvenes. Como ese tal Sandel. Había venido de Nueva Zelanda, donde gozaba de gran popularidad. Pero como en Australia no le conocían, le enfrentaban con el viejo Tom King. Si quedaba en buen lugar le enfrentarían con luchadores mejores y le ofrecerían una bolsa mayor, así que era de esperar que se defendiera lo mejor posible. Tenía mucho que ganar: dinero, fama y futuro. Tom King no era para él más que un viejo baqueteado que le cerraba el paso a la fortuna y a la fama. Un viejo que sólo quería ganar treinta libras para pagar al casero y a los tenderos. Y mientras Tom King pensaba en estas cosas le vino a la memoria la imagen de su juventud, de la juventud gloriosa, pujante, exultante e invencible, la juventud de músculos ágiles y piel satinada, de corazón y pulmones que no conocían la fatiga, de la juventud que reía del ahorro del esfuerzo. Sí, la juventud era Némesis, la diosa de la venganza. Destruía a los viejos sin darse cuenta de que al hacerlo se destruía a sí misma. Se dilataba las arterias y se aplastaba los nudillos, y con el tiempo era a su vez destruida por la juventud. Porque la juventud era siempre joven; sólo envejecía la vejez.

Al llegar a la calle Castlereagh dobló a la izquierda. Recorrió tres manzanas más y llegó al Gayety Club. Un grupo de jóvenes alborotadores que se apiñaban ante la puerta le abrieron paso respetuosamente, y al pasar oyó cómo uno de ellos decía a su compañero:

—¡Ése es Tom King!

Dentro, camino de su vestuario, se encontró con el secretario del club, un joven de mirada aguda y rostro astuto, que le estrechó la mano.

—¿Cómo estás, Tom? —preguntó.

—Nunca he estado en mejor forma —respondió King, sabiendo que mentía y que si tuviera una sola libra la daría allí mismo a cambio de un bistec.

Cuando salió del vestuario, seguido de sus ayudantes, y avanzó por el pasillo hacia el cuadrilátero, que se alzaba en el centro del local, surgió del público una explosión de aplausos. Respondió saludando a derecha e izquierda, aunque pudo reconocer muy pocos entre aquellos rostros. La mayoría eran de muchachos que no habían nacido siquiera cuando él ganaba sus primeros laureles en el ring. Subió de un salto a la plataforma, se agachó para pasar entre las cuerdas y se sentó en un taburete plegable en la esquina del cuadrilátero que le correspondía. Jack Ball, el árbitro, se acercó a darle la mano. Ball era un púgil fracasado que hacía más de diez años no había librado un solo combate. King se alegró de tenerle por árbitro. Sabía que si se pasaba un poco de la raya con Sandel, Ball haría la vista gorda.

Una serie de pesos pesados aspirantes a luchadores subieron uno tras otro al ring, y el árbitro les presentó al público voceando sus desafíos.

—Young Pronto —anunció Bill—, de Nueva Sidney. Desafía al ganador a un combate por cincuenta libras.

El público aplaudió y volvió a aplaudir de nuevo cuando Sandel saltó entre las cuerdas y se sentó en su rincón del ring. Tom King le miró con curiosidad. En pocos minutos estarían trabados en combate despiadado, empeñados ambos en sumir al adversario en la inconsciencia. Pero no fue mucho lo que pudo ver, porque Sandel llevaba como él un pantalón y un jersey de deporte sobre su calzón de boxeador. Su rostro, de un atractivo tosco, estaba coronado por una mata de pelo rubio y rizado. El cuello, grueso y musculoso, delataba un cuerpo magnífico.

Young Pronto fue de una esquina del ring a la otra, estrechó la mano de los contrincantes y bajó del cuadrilátero. Los desafíos continuaron. La juventud eterna, una juventud desconocida pero insaciable, saltaba entre las cuerdas para gritar al mundo que con su habilidad y fuerza se consideraba capaz de enfrentarse al ganador. Unos cuantos años antes, en aquellos día gloriosos de invencibilidad, a Tom King le hubieran aburrido y divertido a la vez estos preliminares. Pero ahora miraba la escena fascinado, incapaz de sacudirse de los ojos aquella visión de juventud. Siempre habría jóvenes saltando entre las cuerdas y gritando su desafío, como siempre habría viejos. Venían en sucesión interminable, más y más jóvenes, juventud indomable e irresistible, eliminando siempre a los viejos para envejecer a su vez y descender de su pedestal ante el empuje de la juventud eterna, nuevos muchachos sedientos de gloria que abatían a los viejos seguidos por otros muchachos hasta el fin de los tiempos, juventud que siempre vence y que nunca morirá.

King miró hacia el palco de la prensa y saludó con la cabeza a Morgan, de la revista *Sportsman,* y a Corbett, de *Referee*. Luego sostuvo las manos en alto mientras sus ayudantes le ponían los guantes y los ataban con fuerza, vigilados de cerca por uno de los ayudantes de Sandel, que primero había examinado con actitud crítica las vendas que le envolvían los nudillos. Uno de los ayudantes de King se hallaba en ese momento en la otra esquina del ring, llevando a cabo idéntica operación. Despojaron a Sandel del pantalón de deporte y, ya de pie, le quitaron el chándal por la cabeza. Y ante sus ojos vio King la juventud personificada, una juventud de pecho fuerte, vigorosa, de músculos que se deslizaban y se tensaban bajo la piel tersa, como dotados de vida propia. El cuerpo entero rebosaba de vida, una vida que como Tom King bien sabía, nunca había rezumado en frescura a través de poros doloridos a lo largo de aquellos combates interminables en que la juventud paga un precio y de los que no sale tan joven como entrara.

Los dos hombres avanzaron para encontrarse en el centro del cuadrilátero, y en el momento en que sonó el gong y los ayudantes abandonaron el ring entre los secos crujidos de los taburetes al plegarse, se dieron la mano y se colocaron en posición de asalto. Y al instante, como movido por un mecanismo de resorte, Sandel comenzó a moverse, y avanzaba, retrocedía, volvía a avanzar otra vez lanzando un izquierdazo a los ojos, un derechazo a las costillas, esquivando un golpe, retrocediendo y avanzando de nuevo amenazador en una danza interminable. Era rápido y hábil. Fue la suya una exhibición brillante. El público expresó a gritos su aprobación, pero a King no le impresionó. Había librado incontables combates y peleado con incontables jóvenes y sabía que aquellos golpes eran demasiado rápidos y demasiado diestros para ser peligrosos. Era evidente que Sandel quería acabar cuanto antes. No le sorprendió. Aquélla era la actitud típica de la juventud, derrochar su esplendor y su fuerza en ataques salvajes, en furiosas embestidas y acometidas violentas, anonadando al contrincante con su deseo ilimitado de poder y de gloria.

Sandel avanzaba y retrocedía, surgía aquí y allá, en todas partes, ligero de pies e impaciente de corazón, maravilla viviente de carnes blancas y músculos tensos que tejían una asombrosa trama de ataques y contraataques deslizándose veloz, como lanzadera volante, de movimiento en movimiento y a través de mil movimientos dirigidos todos ellos a la destrucción de Tom King, el obstáculo que le separaba de la fama. Y Tom King aguantaba paciente. Conocía su oficio y conocía a la juventud ahora que ésta le había abandonado. Era inútil hacer nada hasta que su adversario perdiera parte de su acometividad, pensó, y se sonrió después para su capote cuando se agachó deliberadamente para recibir un golpe en la cabeza. Era aquélla una artimaña dudosa, pero que entraba en la legalidad de las leyes del boxeo. Era obligación del púgil velar por la salvaguardia de sus nudillos, si se empeñaba en golpear la cabeza de su rival, peor para él. King habría podido agacharse un poco más y esquivar el golpe, pero recordó sus primeros combates y cómo se había aplastado los nudillos contra la cabeza de «El terror de Gales». Y se limitaba a seguir las reglas del juego. Al encajar el golpe aplastó uno de los nudillos de Sandel. No es que a éste le importara el hecho ahora. Siguió adelante, soberbiamente ajeno a lo ocurrido, pegando con la dureza acostumbrada a lo largo de toda la pelea. Pero más adelante, cuando comenzara a sentir el cansancio de las largas contiendas mantenidas en el ring, lamentaría lo ocurrido y recordaría el día en que se había aplastado aquel nudillo contra la cabeza de King.

El primer asalto, indudablemente, lo ganaba Sandel, y el público le aplaudía enfervorizado, maravillado de la rapidez de sus embates. Descargó sobre King una avalancha de golpes y King no hizo nada. No atacó ni una sola vez y se contentó con cubrirse, parar, esquivar y aferrarse a su adversario para evitar el castigo. Amagaba de vez en cuando con el puño, sacudía la cabeza al encajar los golpes, y se movía pesadamente sin saltar ni desperdiciar una sola onza de fuerza. Sandel tenía que perder la efervescencia de la juventud antes de que en la edad madura pudiera pensar siquiera en tomar represalias. Todos los movimientos de King eran lentos y metódicos. Sus ojos de mirar cansino, velados por los pesados párpados, le daban la apariencia de un hombre adormilado o aturdido. Y, sin embargo, eran ojos atentos a todo, ojos que a lo largo de los veinte años y pico que el púgil llevaba en el ring habían sido cuidadosamente entrenados para reparar en los detalles más nimios, ojos que no parpadeaban ni se cerraban ante la inminencia del golpe, sino que calculaban fríamente y medían distancias.

Finalizado el primer asalto se dirigió a su rincón del ring para disfrutar del minuto de descanso. Allí se sentó con las piernas estiradas, los codos apoyados en las cuerdas, agitados el pecho y el abdomen mientras respiraba jadeante el aire que le proporcionaban las toallas de sus ayudantes.

—¿Por qué no peleas, Tom? —gritaban muchos de los espectadores—. No le tendrás miedo, ¿verdad?

—Tiene los músculos entumecidos —oyó comentar a un hombre de la primera fila—. No puede moverse con agilidad. Apuesto dos contra uno por Sandel.

Sonó el gong y los dos hombres se levantaron. Sandel recorrió tres cuartas partes del ring, ansioso de comenzar de nuevo, mientras King, de acuerdo con su técnica de economizar esfuerzo, se contentó con recorrer la distancia más corta. No estaba bien entrenado, no había comido lo suficiente, y por lo tanto cada paso contaba. Además había recorrido dos millas de distancia para llegar al club. El segundo asalto constituyó una repetición del primero con Sandel atacando como un torbellino y el público preguntándose indignado por qué King no reaccionaba. Aparte de algún que otro amago, de unos cuantos golpes lentos e ineficaces, King se limitaba a esquivar, a parar, y a aferrarse a su contrario. Sandel se empeñaba en imponer un ritmo rápido al combate, mientras que su contrincante, como zorro viejo que era, se negaba a secundarle. Se sonrió con cierto patetismo nostálgico y continuó ahorrando energías con un celo de que sólo la vejez es capaz. Sandel, por su parte, derrochaba su fuerza a manos llenas con el descuido munificante de la juventud. A King correspondía el dominio del ring con la experiencia acumulada a base de largos y dolorosos combates. Lo estudiaba todo sin perder la calma, moviéndose lentamente y esperando que la efervescencia de Sandel se deshiciera. La mayor parte de los espectadores daban por segura la derrota de King y voceaban apuestas de tres a uno a favor de su contrincante. Pero había algunos, muy pocos, que conocían a King hacía mucho tiempo y que cubrían las apuestas considerando que su victoria sería inevitable.

El tercer asalto comenzó como los anteriores, falto de equilibrio, con Sandel castigando duro y tomando toda la iniciativa. Al medio minuto de comenzar el round, en un exceso de confianza, descubrió la protección. En aquel mismo instante relucieron los ojos de King y su brazo derecho se disparó con la velocidad de un relámpago. Aquél fue en realidad su primer golpe, un gancho que asestó con el brazo derecho rígido y arqueado, descargando tras él todo el peso de su cuerpo. Era como un león aparentemente adormilado que de pronto lanzara un rápido zarpazo. Sandel, a quien el golpe había alcanzado a un lado de la mandíbula, se desplomó sobre la lona como un buey. El público quedó boquiabierto y sonaron unos débiles aplausos amortiguados por la sorpresa. Parecía que después de todo, King no tenía los músculos agarrotados y podía golpear como un martillo de fragua.

Sandel estaba aturdido. Se dio la vuelta y quiso levantarse, pero le contuvieron los gritos de sus segundos, que le instaban a esperar a que el árbitro acabara de contar. Apoyado sobre una rodilla esperó mientras el árbitro inclinado sobre él, enumeraba los segundos en voz alta. Al oír el nueve se levantó en actitud de ataque y Tom King, frente a él, lamentó que el golpe no le hubiera alcanzado una pulgada más hacia el centro de la mandíbula. Habría sido un knock-out, y él se hubiera llevado las treinta libras a casa para su mujer y sus hijos.

El round continuó hasta el final de los tres minutos. Sandel mostraba por primera vez respeto por su contrincante y King seguía con los movimientos lentos y los ojos adormilados de costumbre. Cuando el asalto se acercaba a su final, King, advertido del hecho por la posición de sus segundos agazapados al borde del ring, listos para saltar entre las cuerdas, hizo lo posible por atraer a su adversario a su rincón de la lona. Cuando sonó el gong se sentó inmediatamente en un taburete, mientras que Sandel tuvo que recorrer toda la diagonal del cuadrilátero para llegar al suyo. Indudablemente era muy poca cosa, pero la suma de aquellas pequeñas cosas era lo que contaba. Sandel se había visto obligado a caminar unos pasos más, a gastar cierta cantidad de energía y a perder unos segundos preciosos de descanso. Al comenzar cada asalto, King se resistía a abandonar su rincón, forzando a su oponente a recorrer la distancia mayor, mientras que al acabar el round se las arreglaba para atraerle a su esquina del ring para poder sentarse así inmediatamente.

Pasaron dos asaltos más, en los que King se

mostró tan avaro en ahorrar esfuerzos como Sandel pródigo en malgastarlos. Los intentos de éste por imponer al combate un ritmo acelerado perjudicaban a King, que acababa por encajar un gran porcentaje de los innumerables golpes que llovían sobre él. Y aún así seguía persistiendo en su lentitud, a pesar de los gritos de los aficionados jóvenes, que le instaban a pasar al ataque. En el sexto asalto, Sandel volvió a tener un momento de descuido; de nuevo el temible derechazo de King le alcanzó en la mandíbula y otra vez Sandel oyó contar al árbitro hasta nueve.

En el séptimo asalto toda la exaltación de Sandel había desaparecido y éste se disponía a pelear el combate más duro que jamás hubiera mantenido. Tom King era un viejo, pero el viejo mejor que había conocido, un veterano que nunca perdía la cabeza, que tenía una gran habilidad para la defensa, un veterano cuyos golpes tenían la fuerza de un mazo y que podía provocar un knock-out tanto con la izquierda como con la derecha. A pesar de todo, King seguía ahorrando los golpes. No había olvidado sus nudillos aplastados y sabía que cada golpe contaba si quería poder utilizarlos hasta el final. Mientras que sentado en su rincón miraba a través del ring a su contrincante, se le ocurrió que la suma de su experiencia y de la juventud de Sandel daría como resultado un campeón de pesos pesados. Ahí estaba el problema. Sandel nunca sería un campeón mundial. Le faltaba experiencia, y la única forma de adquirirla era pagándola con su juventud; pero cuando tuviera esa experiencia ya sería viejo.

King aprovechó todas las ocasiones que se le presentaron. No perdía oportunidad de paralizar a Sandel, y al hacerlo hincaba el hombro todo lo que podía en las costillas de su adversario. En el ring un hombro es tan eficaz como un puño respecto al daño que puede infligir y mucho más en lo que concierne al ahorro de energías. En aquellas ocasiones descansaba todo el peso de su cuerpo sobre su contrario, resistiéndose a soltarlo. Esto obligaba a intervenir al árbitro que les separaba, secundado siempre por Sandel, que todavía no había aprendido a descansar. No sabía resistirse a emplear aquellos gloriosos brazos de agilidad asombrosa, ni aquellos músculos de acero, y cuando el otro se apretaba contra él, aferrándole, hincándole el hombro en las costillas y descansando la cabeza bajo su brazo izquierdo, Sandel, casi invariablemente, daba impulso al brazo derecho tras la espalda y lo lanzaba después contra el rostro de su contrario. Era aquélla una maniobra hábil, muy admirada por el público, pero que no representaba para King ningún peligro, y por lo tanto significaba un derroche inútil de energías. Pero Sandel era incansable y no tenía idea de la limitación. Mientras tanto King se sonreía para su capote y seguía aguantando.

Sandel comenzó entonces a dirigirle derechazos

al cuerpo, una técnica que hacía parecer que King encajaba un tremendo número de golpes. Sólo los aficionados más viejos sabían reparar en aquel toque ligero del guante izquierdo de King en el bíceps de su adversario un segundo antes de recibir el impacto del puñetazo. Era cierto, los golpes eran indefectiblemente certeros, pero también indefectiblemente ese toque imperceptible les robaba toda su eficacia. En el noveno asalto, tres veces en un solo minuto, sendos ganchos de King alcanzaron a Sandel en la mandíbula y tres veces cayó éste sobre la lona. En las tres ocasiones esperó a que el árbitro contara hasta nueve y luego se enderezó, torpe y aturdido, pero todavía fuerte. Había perdido, eso sí, gran parte de su velocidad anterior y derrochaba menos esfuerzos. Peleaba inflexible, echando mano siempre de su principal caudal: la juventud. El caudal de King era la experiencia. Conforme su vitalidad se apagaba y su vigor se debilitaba, los había ido reemplazando con la astucia, la experiencia nacida de largos combates y el ahorro cuidadoso de energías. No sólo había aprendido a no derrochar sus fuerzas, sino también a obligar a su contrario a malgastar las suyas. Una y otra vez, amagando un golpe con el pie, con la mano o con el cuerpo, había obligado a Sandel a retroceder de un salto, a agacharse o a contraatacar. King descansaba, pero nunca le permitía hacerlo a su rival. Ésa era la estrategia de la vejez.

Al comenzar el décimo asalto, King detuvo las

acometidas de su contrario con un izquierdazo dirigido a la cara, al que éste respondió, ya algo fatigado, esgrimiendo la izquierda y lanzándole un gancho a un lado de la cabeza. Fue un golpe demasiado alto para ser decisivo, pero al recibir su impacto, King sintió cómo se cernía sobre su mente el velo negro de la inconsciencia. Durante un segundo, o mejor dicho una fracción de segundo, no vio absolutamente nada. Por un instante desaparecieron la faz de su rival y el telón de fondo de rostros blancos y atentos; al segundo siguiente, tanto la una como los otros reaparecieron ante sus ojos. Era como si hubiera despertado después de un sueño y, sin embargo, el intervalo de inconsciencia había sido tan fugaz que ni siquiera había tenido tiempo de caer. El público le vio tambalearse, vacilar sobre sus rodillas y luego recuperarse y hundir la barbilla en su refugio del hombro izquierdo.

Sandel repitió el golpe varias veces, dejando a King parcialmente aturdido, hasta que éste elaboró una defensa que era al mismo tiempo un contraataque. Esgrimiendo la izquierda dio un paso hacia atrás y asestó un uppercut con toda la fuerza de su derecha. Tan preciso fue el golpe que alcanzó a Sandel en plena cara en el momento en que trataba de esquivarlo; se elevó en el aire y cayó de espaldas sobre la lona golpeándose la nuca y los hombros. Dos veces logró repetir la jugada y luego, dando rienda suelta a su energía, castigó a su contrincante sin descanso, acorralándole contra las cuerdas. No le dio tiempo a Sandel ni para descansar ni para reponerse; descargó sobre él golpe tras golpe hasta que el público se levantó de sus asientos y llenó el aire una salva de aplausos atronadora e ininterrumpida. Pero la fuerza y el aguante de su rival eran soberbios. Sandel continuaba en pie. El knock-out parecía inminente y un capitán de policía, asustado de la dureza del combate, se acercó al ring con ánimo de suspender el espectáculo. Sonó el gong que marcaba el final del asalto y Sandel se dirigió vacilando hacia el asiento, mientras aseguraba al policía que se encontraba en perfecto estado. Para demostrárselo hizo dos piruetas en el aire, y el policía cedió.

Tom King, apoyado en las cuerdas y respirando jadeante, estaba desilusionado. Si hubieran detenido el combate, el árbitro se habría visto obligado a concederle la victoria y la bolsa habría sido suya. A diferencia de Sandel, él no luchaba por la gloria ni su futuro, sino por las treinta libras. Y ahora Sandel se recuperaría en aquel minuto de descanso.

La juventud siempre triunfaba... Aquellas palabras atravesaron como un rayo la mente de King y recordó la primera vez que las había oído la noche en que dejó fuera de combate a Stowsher Bill. Un aficionado que le había invitado a una copa después de la pelea, le había dado una palmada en la espalda y le había hecho aquel comentario. La juventud siempre triunfaba. Tenía razón. Aquella noche, muchos años antes, él era joven. Esta noche la juventud ocupaba el extremo opuesto del ring. En cuanto a él, llevaba ya media hora peleando y era viejo. Si hubiera combatido como Sandel, no habría durado ni quince minutos. Pero lo malo era que a pesar del ahorro de energías estaba cansado y que no se recuperaba. Estas arterias dilatadas y ese corazón del que tantas veces había abusado, no le permitirían recobrar las fuerzas en el minuto que quedaba entre los dos asaltos. Para empezar, había llegado al ring sin la potencia necesaria. Las piernas le pesaban, y comenzó a sentir calambres. No debía haber andado aquellas dos millas hasta el club. Y luego esas ganas de comerse un bistec con que se había levantado y que no había podido satisfacer... De pronto sintió un odio intenso y terrible hacia los carniceros que se habían negado a fiarle. Era duro para un viejo acudir a un combate sin haber comido siquiera lo suficiente. Un bistec valía tan poco, unos cuantos peniques a lo más, y, sin embargo, para él significaba treinta libras.

Cuando sonó el gong que daba comienzo al onceavo asalto, Sandel acometió haciendo alarde de una energía que en realidad no tenía. King adivinó inmediatamente su juego; era aquél un truco tan viejo como el boxeo mismo. Se aferró a Sandel en un clinch para ahorrar fuerzas y luego le soltó y le permitió ponerse en posición de ataque. Esto era lo que estaba esperando. Amagó con la izquierda, esquivó el gancho de su adversario, dio medio paso atrás y le asestó un uppercut en plena cara. Sandel se derribó sobre la lona. Desde aquel momento ya no le dio un solo minuto de descanso. Encajó golpes incontables, pero asestó mucho más y aplastó a su rival contra las cuerdas, cubriéndole de ganchos y derechazos, zafándose de sus clinches, asiendo a Sandel con una mano cuando se tambaleaba para arrojarle con la otra contra las cuerdas, donde no pudiese caer.

El público, enloquecido, se había volcado a su favor, y casi a una gritaba:

—¡Ya es tuyo, Tom! ¡Duro con él! ¡Duro con él! ¡Ya es tuyo, Tom! ¡Ya es tuyo!

Iba a ser un final apoteósico, uno de esos finales por los que el aficionado al boxeo paga su entrada.

Y Tom King, que durante media hora había ahorrado avaramente todas sus energías, las derrochaba ahora a manos llenas en un solo esfuerzo, que sabía era capaz de hacer. Aquélla era su única oportunidad; ahora o nunca. Las fuerzas le abandonaban, pero antes de que desaparecieran totalmente esperaba dejar fuera de combate a su adversario. Y mientras continuaba pegando y forcejeando, calculando fríamente el peso de sus golpes y la cualidad del daño que infligirían, se dio cuenta de cuán difícil era vencer a Sandel. Poseía una fibra y una resistencia inigualables, la fibra y la resistencia vírgenes propias de la juventud. Llegaría a ser una gran figura. Materia prima no le faltaba. Estaba hecho del barro de los boxeadores de fama.

Sandel vacilaba y se tambaleaba, pero Tom King sentía calambres en las piernas y sus nudillos, con su dolor, se volvían contra él. Y, sin embargo, se revistió de la fuerza suficiente para asestar los últimos puñetazos, cada uno de los cuales inundaba de angustia sus manos torturadas. Aunque prácticamente ya no recibía golpe alguno, perdía energías tan rápidamente como su contrario. Seguía castigando, pero sus uppercuts carecían ya de fuerza, y cada uno de ellos respondía a un enorme esfuerzo de la voluntad. Las piernas le pesaban como si fueran de plomo, y las arrastraba visiblemente tras de sí como si no le pertenecieran; los partidarios de su adversario, al reparar en este síntoma de fatiga, comenzaron a dirigir a Sandel gritos de ánimo. Esto decidió a King a llevar a cabo un esfuerzo supremo. Asestó dos golpes, uno detrás de otro; un izquierdazo dirigido al plexo solar y un derechazo dirigido a la mandíbula. No fueron demasiado poderosos, pero Sandel estaba tan débil y agotado que cayó al suelo jadeando. El árbitro, inclinado sobre él, contaba a su oído los segundos fatales. Si no se levantaba antes de que sonara el diez, habría perdido el combate. El público escuchaba de pie en silencio. King se erguía sobre sus piernas temblorosas. Le dominaba un vértigo mortal; el océano de rostros subía y bajaba ante su vista mientras que a sus oídos llegaba, como desde una distancia remota, el contar del árbitro. Pero daba por seguro que había ganado la pelea. Era imposible que un hombre tan castigado pudiera siquiera incorporarse.

Sólo la juventud podía volver a levantarse, y Sandel se levantó. Al cuarto segundo se dio la vuelta y buscó con las manos en el vacío, a ciegas, hasta tocar la cuerda. Al séptimo segundo había logrado ponerse de rodillas, y así descansó con la cabeza derrumbada, inerte sobre los hombros. En el momento en que el árbitro gritó: ¡Nueve! se levantó en posición defensiva con el brazo izquierdo plegado sobre el rostro y el derecho doblado sobre el estómago. Así defendía los puntos vitales de su cuerpo, mientras se lanzaba sobre King con la esperanza de aferrarse a él en un cuerpo a cuerpo que le permitiera ganar algo más de tiempo.

En el momento en que se levantó, King se abalanzó sobre él, pero los dos golpes que le dirigió fueron a ahogar su fuerza en los dos brazos en guardia. Un momento después Sandel le asía en un clinch, resistiendo desesperadamente los esfuerzos del árbitro para separar a los contrincantes. Esta vez era King quien le secundaba. Sabía con cuánta rapidez se reponía la juventud y que podría vencer a Sandel si lograba impedir que se recuperara. Un solo puñetazo fuerte y lo conseguiría. Sandel ya era suyo; indudablemente ya era suyo. Le había sobrepasado en dominio, en fuerza y en puntos. Sandel se soltó al fin; estaba en la cuerda floja en equilibrio entre la derrota y la supervivencia. Un buen golpe bastaría para tumbarle y dejarle fuera de combate. Y Tom King, con una punzada de amargura, recordó entonces el bistec y deseó tenerlo en el estómago cuando asestara el golpe definitivo. Sacó fuerzas de flaqueza y descargó el puñetazo, pero no fue ni lo bastante fuerte ni lo bastante rápido. Sandel se tambaleó, pero no cayó. Retrocedió dando tumbos hasta las cuerdas y allí se mantuvo. King le siguió vacilante, sintiendo un alfilerazo de dolor que anunciaba el final, y le asestó un nuevo golpe. Pero su cuerpo le había abandonado. Ya sólo peleaba con la inteligencia, una inteligencia disminuida y nublada por el agotamiento. El golpe que iba destinado a la mandíbula alcanzó a su contrincante en el hombro. Había apuntado más alto, pero los músculos, cansados, eran ya incapaces de obedecerle. Y el impacto de su propio golpe le hizo tambalearse y estuvo a punto de caer. Lo intentó de nuevo. Esta vez fracasó completamente y, de pura debilidad, cayó sobre Sandel y se agarró a él para evitar derrumbarse sobre la lona. No trató siquiera de soltarse. Había hecho cuanto había podido. Estaba agotado. La juventud había triunfado. Durante aquel cuerpo a cuerpo sintió cómo Sandel recuperaba las fuerzas, y cuando el árbitro les separó pudo constatarlo con sus propios ojos. Segundo a segundo Sandel se hacía más fuerte. Sus golpes, débiles e ineficaces al principio, fueron adquiriendo potencia y precisión. Los ojos nublados de King vieron el puño que apuntaba a su mandíbula y quiso parar el golpe interponiendo el brazo. Vio el peligro, quiso actuar, pero el brazo le pesaba demasiado. Parecía cargado con un quintal de plomo. Pugnó por levantarlo con la sola fuerza de su espíritu, pero el guante aterrizó de plano en su mandíbula. Sintió un dolor agudo semejante a una descarga eléctrica y simultáneamente le rodeó un velo de negrura.

Cuando volvió a abrir los ojos se encontró en su rincón del cuadrilátero. Los gritos del público resonaban como el clamor de las olas en la playa de Bondi. Le habían aplicado una esponja mojada a la nuca y Sid Sullivan le rociaba con agua fresca el pecho y la cara. Le habían quitado los guantes y Sandel, inclinado sobre él, le estrechaba la mano. No guardaba rencor al hombre que le había dejado fuera de combate y devolvió la presión de sus dedos con una fuerza que arrancó una protesta a sus nudillos aplastados. Luego Sandel se acercó al centro del ring y el público acalló el pandemónium para oírle aceptar el desafío de «Pronto» y aumentar la bolsa a cien libras. King le miraba con apatía, mientras sus segundos le enjugaban el agua que chorreaba a lo largo de su cuerpo, le secaban la cara y le preparaban para que abandonara el ring. Tenía hambre. No era el hambre común, el hambre que roe sordamente, sino una debilidad enorme, una palpitación en lo más profundo del estómago, que se comunicaba a todo su cuerpo. Recordó el momento del combate en que había tenido a Sandel en la cuerda floja, a un pelo de la derrota. Con el bistec le habría vencido. Pero éste le había faltado para asestar el golpe final, y había perdido. Todo por culpa de aquel bistec.

Sus ayudantes le sostuvieron mientras se aprestaba a pasar entre las cuerdas. Se liberó de ellos y se agachó por sí solo, saltó pesadamente al suelo y les siguió, mientras le abrían paso a lo largo del pasillo atestado de espectadores. Había salido de su vestuario y se dirigía hacia la calle, cuando a la entrada del vestíbulo un joven se dirigió a él.

—¿Por qué no le tumbaste cuando ya era tuyo? —le preguntó.

—¡Vete a paseo! —dijo Tom King, y bajó los escalones hacia la acera.

Las puertas del bar de la esquina se mecían ampliamente, y al pasar ante ellas vio las luces y las sonrisas de las camareras y oyó las voces que comentaban el combate y el alegre sonido del tintinear de las monedas sobre el mostrador. Alguien le llamó para invitarle a una copa. Tuvo un momento de duda; luego declinó la invitación y continuó adelante.

No llevaba en los bolsillos ni un solo centavo, y las dos millas que tenía que recorrer hasta su casa le parecían una enorme distancia. Indudablemente se estaba haciendo viejo. Al cruzar el parque del Domain se sentó súbitamente en un banco. Pensó en su mujer, que le aguardaba impaciente por saber el resultado del combate. Aquello era más duro que cualquier knock-out, algo casi imposible de arrostrar.

Se sentía débil y agotado, y el dolor que le causaban los nudillos le decía que incluso si podía encontrar un trabajo, tardaría al menos una semana en poder empuñar un pico o una pala. Las palpitaciones del hambre en el estómago le provocaban náuseas. Estaba exhausto, y a sus ojos acudió una humedad inusitada. Se cubrió el rostro con las manos y, mientras lloraba, recordó aquella noche lejana en que había dejado a Stowsher Bill fuera de combate. ¡Pobre Stowsher Bill! Ahora comprendía por qué después del combate había llorado en el vestuario.

El chinago

> «El coral medra, la palma crece, pero el
> hombre muere.»
>
> *Proverbio tahitiano*

Ah Cho no entendía el francés. Sentado en la sala abarrotada de gente, cansado y aburrido, escuchaba aquella lengua incesante y explosiva que articulaban un oficial tras otro. Un inagotable parloteo y nada más era a oídos de Ah Cho, quien se maravillaba ante la estupidez de aquellos franceses que tanto tiempo empleaban en investigar quién era el asesino de Chung Ga y ni aún así podían descubrirlo. Los quinientos *coolies* de la plantación sabían que Ah San era el autor del crimen, y los franceses ni siquiera le habían detenido. Cierto que todos los *coolies* habían pactado secretamente no prestar testimonio los unos contra los otros, pero el caso era tan sencillo que no entendían cómo los franceses no habían descubierto que Ah San era el hombre que buscaban. Muy estúpidos tenían que ser.

Ah Cho no tenía nada que temer. No había participado en el crimen. Verdad era que lo había presenciado y que Schemmer, el capataz de la plantación, había irrumpido en el interior del barracón poco después de ocurrir el suceso, sorprendiéndole allí junto con otros cuatro o cinco *coolies,* pero, ¿qué importaba eso? Chung Ga había muerto de dos heridas de arma blanca. Estaba claro que cinco o seis hombres no podían infligir dos puñaladas. Aun en el caso de que cada una se debiera a distinta mano, sólo dos podían ser los asesinos.

Tal había sido el razonamiento de Ah Cho cuando, junto con sus cuatro compañeros, había mentido, trabucado y confundido al tribunal con su declaración respecto a lo ocurrido. Habían oído ruidos y, como Schemmer, habían corrido al lugar de donde procedían. Habían llegado antes que el capataz, eso era todo. Era cierto también que Schemmer había declarado que, si bien había oído ruidos de pelea al pasar por las cercanías del lugar del suceso, había tardado al menos cinco minutos en entrar al barracón. Que había hallado en el interior a los prisioneros y que éstos no habían podido entrar inmediatamente antes porque él los hubiera visto, dado que se hallaba junto a la única puerta de la construcción. Pero, aun así, ¿qué? Ah Cho y sus cuatro compañeros de prisión habían afirmado que Schemmer se equivocaba. Al final les dejarían en libertad. Estaban seguros de ello. No podían decapitar a cinco hombres por sólo dos puñaladas. Además, ningún demonio extranjero había presenciado el crimen. Pero eran tan estúpidos aquellos franceses... En China, como Ah Cho sabía muy bien, el juez ordenaría que los torturaran a todos y averiguarían quién era el culpable. Era fácil descubrir la verdad por medio de la tortura. Pero los franceses nunca torturaban. ¡Dónde se había visto mayor estupidez! Por eso nunca sabrían quién había matado a Chung Ga.

Pero Ah Cho no lo entendía todo. La compañía inglesa dueña de la plantación había llevado a Tahití a quinientos *coolies* pagando por ello un alto precio. Los accionistas exigían dividendos y la compañía aún no había pagado el primero. De ahí que no quisiera que aquellos trabajadores que tan caros le habían salido, se dieran a la práctica de matarse entre ellos. Por otro lado estaban los franceses, ansiosos de imponer a los *chinagos* las virtudes y excelencias de la ley francesa. Nada mejor que un buen escarmiento de vez en cuando, y, además, ¿qué utilidad podía tener Nueva Caledonia si no era la de poder mandar allí a los condenados para que pasaran sus días hundidos en la miseria y en el dolor en castigo por ser frágiles y humanos?

Ah Cho todo eso no lo entendía. Sentado en la sala, esperaba la decisión del juez que les dejaría libres a él y a sus compañeros para volver a la plantación y cumplir las condiciones del contrato.

Pronto se pronunciaría sentencia. El proceso estaba llegando a su fin. No más testigos, no más verborrea ininteligible. Los demonios franceses también estaban cansados y, evidentemente, esperaban la sentencia. Y Ah Cho, mientras aguardaba, retrocedió con la memoria hasta el momento en que había firmado el contrato y se había embarcado para Tahití. Corrían malos tiempos en su aldea marítima y el día en que se enroló comprometiéndose a trabajar durante cinco años en los Mares del Sur a cambio de un jornal de cincuenta centavos mejicanos, se consideró afortunado. Había hombres en su pueblo que trabajaban un año entero para ganar diez dólares, y mujeres que hacían redes día tras día por cinco dólares anuales, y criadas en casas de comerciantes que recibían cuatro dólares por sus servicios. Y a él iban a darle cincuenta centavos diarios. Sólo por un día de trabajo iban a pagarle esa fortuna. ¿Qué importaba si la tarea era dura? A los cinco años volvería a su casa —así lo decía el contrato— y ya nunca tendría que volver a trabajar. Sería rico hasta el fin de su vida. Tendría una casa propia, una esposa, e hijos que crecerían y le respetarían. Sí. Y a espaldas de la casa tendría un jardín, un lugar de meditación y de reposo con un lago pequeño lleno de peces de colores y campanitas colgadas de los árboles que tintinearían con el viento y una tapia muy alta todo alrededor para que nadie interrumpiera ni su meditación ni su reposo.

Habían pasado tres de los cinco años que se había comprometido a trabajar. Con lo que había ganado podía considerarse un hombre rico en su país. Sólo dos años más separaban aquella plantación de algodón de Tahití de la meditación y el reposo que le esperaban. Pero en ese preciso momento estaba perdiendo dinero, y todo por la desgraciada casualidad de haber presenciado el asesinato de Chung Ga. Por cada día de las tres semanas pasadas en la cárcel, había perdido cincuenta centavos. Pero ya pronto el juez pronunciaría sentencia y podría volver a trabajar.

Ah Cho tenía veintidós años. Era por naturaleza alegre, bien dispuesto y propenso a sonreír. Mientras que su cuerpo tenía la delgadez propia de los asiáticos, su rostro era rotundo, redondo como la luna, e irradiaba una especie de complacencia suave, una dulce disposición de ánimo poco común entre sus compatriotas. Y su conducta no contradecía su apariencia. Jamás provocaba un conflicto ni participaba en pendencias. No jugaba. Carecía del espíritu fuerte del jugador. Se contentaba con las cosas pequeñas, con los placeres más nimios. La tranquilidad y el silencio del crepúsculo que seguía al trabajo en los campos de algodón bajo un sol ardiente, representaban para él una inmensa satisfacción. Podía permanecer sentado durante horas y horas contemplando una flor solitaria y filosofando acerca de los misterios y los enigmas que supone la existencia. Una garza azul posada sobre la arena de la playa, el relámpago plateado de un pez volador, o una puesta de sol rosa y nacarada al otro lado de la laguna, bastaban para hacerle olvidar la procesión de días fatigosos y el pesado látigo de Schemmer.

Schemmer, Karl Schemmer, era una bestia, una bestia embrutecida. Pero se ganaba el sueldo que le daban. Sabía extraer hasta la última partícula de energía de aquellos quinientos esclavos, porque esclavos eran y serían hasta el final de sus cinco años de contrato. Schemmer trabajaba a conciencia para extraer la fuerza de aquellos quinientos cuerpos sudorosos y transformarla en balas de mullido algodón, listas para la exportación. Su bestialidad dominante, férrea, primigenia; era lo que le permitía llevar a cabo esa transformación. Le ayudaba en su tarea un grueso látigo de cuero de tres pulgadas de anchura y una yarda de longitud, látigo que llevaba siempre consigo y que, en ocasiones, caía sobre la espalda desnuda de un *coolie* agazapado con un estampido seco, como un disparo de pistola. Aquel sonido era frecuente cuando Schemmer recorría a caballo los campos arados.

Una vez, al principio del primer año de contrato, había matado a un *coolie* de un solo puñetazo. No le había aplastado exactamente la cabeza como si de una cáscara de huevo se tratara, pero el golpe había bastado para pudrir lo que aquel cráneo tenía dentro y al cabo de una semana el hombre había muerto. Pero los chinos no se habían quejado a los demonios franceses que gobernaban Tahití. Aquello era asunto suyo. Schemmer era un problema que sólo a ellos concernía. Tenían que evitar sus iras como evitaban el veneno de los centípedos que acechaban entre la hierba o reptaban en las noches lluviosas al interior de los barracones donde dormían. Y así los *chinagos,* como les llamaban los nativos cobrizos e indolentes de la isla, tenían buen cuidado de no disgustar a Schemmer, lo cual significaba rendir al máximo con un trabajo eficiente. Aquel puñetazo había representado para la compañía una ganancia de miles de dólares y, en consecuencia, a Schemmer no le había ocurrido nada.

Los franceses, carentes de instinto de colonización, ineficientes en su juego infantil de explotar las riquezas de la isla, estaban encantados de ver triunfar la compañía inglesa. ¿Qué les importaba Schemmer y su famoso puño? ¿Que había muerto un chinago? Bueno, ¿qué más daba? Además, había fallecido de insolación. Así lo decía el certificado médico. Era cierto que en toda la historia de Tahití nadie había perecido jamás de insolación, pero eso precisamente era lo que hacía única su muerte. Asimismo lo decía el médico en su certificado. Era un ingenuo. Pero había que pagar dividendos. De otro modo tendrían que añadir un fallo más a la larga lista de fracasos en Tahití.

No había forma de entender a aquellos demonios blancos. Ah Cho ponderaba su inescrutabilidad mientras permanecía sentado en la sala esperando la sentencia. Era imposible saber qué pensaban. Había conocido a unos cuantos. Eran todos iguales, los oficiales y los marineros del barco, los franceses y los pocos blancos de la plantación, incluido Schemmer. Sus mentes funcionaban de una forma misteriosa que era imposible descifrar. Se enfurecían sin causa aparente y su ira era siempre peligrosa. En esas ocasiones eran como animales salvajes. Se preocupaban por las cosas más nimias y, en ocasiones, podían trabajar más que los *chinagos*. No eran comedidos como éstos. Eran auténticos glotones que comían prodigiosamente y bebían más prodigiosamente todavía. Los *chinagos* nunca sabían cuándo sus acciones iban a agradarles o a levantar una auténtica tormenta de cólera. Era imposible predecirlo. Lo que una vez les complacía, a la siguiente provocaba en ellos un acceso de ira. Tras los ojos de los demonios blancos se cernía una cortina que ocultaba sus mentes a la mirada del *chinago*. Y para colmo estaba su terrible eficiencia, esa habilidad suya para hacerlo todo, para conseguir que las cosas funcionaran, para lograr resultados, para someter a su voluntad todo lo que reptaba y se arrastraba y hasta a los mismos elementos. Sí, los hombres blancos era extraños y maravillosos. Eran demonios. No había más que ver a Schemmer.

Ah Cho se preguntaba por qué tardarían tanto en pronunciar sentencia. Ninguno de los acusados había tocado siquiera a Chung Ga. Le había matado Ah San. Él solo lo había hecho, obligándole a bajar la cabeza, tirándole de la coleta con una mano y clavándole el cuchillo por la espalda con la otra. Dos veces se lo había clavado. Allí mismo, en la sala y con los ojos cerrados, Ah Cho revivió de nuevo el crimen, vio de nuevo la lucha, oyó las viles palabras que se habían cruzado, los insultos arrojados sobre antepasados venerables, las maldiciones lanzadas sobre generaciones por nacer, recordó el arrebato de Ah San que había cogido a Chung Ga por la coleta, el cuchillo hundido por dos veces en la carne, la puerta abriéndose de pronto, la irrupción de Schemmer, la huida hacia la salida, la fuga de Ah San, el látigo volador del capataz obligando a los demás a apiñarse en un rincón y el disparo del revólver, señal con que había pedido ayuda. Ah Cho se estremeció al recordar la escena. Un latigazo le había magullado la mejilla arrancándole parte de la piel. Schemmer había señalado esos cardenales cuando, desde la tribuna de los testigos, había identificado a Ah Cho. Ahora las marcas ya no eran visibles. Pero había sido todo un latigazo. Media pulgada más hacia el centro de la cara y le habría sacado un ojo. Después, Ah Cho olvidó todo lo ocurrido al imaginar el jardín de reposo y meditación que sería suyo cuando volviera a su país.

Escuchó con rostro impasible la sentencia del magistrado. Igualmente impasibles estaban los de sus cuatro compañeros. E impasibles siguieron cuando el intérprete les explicó que los cinco eran culpables de la muerte de Chung Ga, que Ah Chow sería decapitado, que Ah Cho pasaría veinte años en la prisión de Nueva Caledonia, Wong Li doce, y Ah Tong diez. Era inútil alterarse por ello. Hasta Ah Chow escuchó imperturbable, como una momia, aunque era a él a quien iban a cortar la cabeza. El magistrado añadió unas palabras y el intérprete explicó entonces que el hecho de que el rostro de Ah Chow fuera el que más hubiera sufrido los efectos del látigo de Schemmer hacía la identificación tan segura que, puesto que uno de los hombres había de morir, justo era que él fuese el elegido. El que la cara de Ah Cho hubiera sido también severamente magullada, probando así de forma terminante su presencia en el lugar del crimen y su indudable participación en éste, le había merecido los veinte años de prisión en el penal. Así fue explicando las sentencias una por una, hasta llegar a los diez años de reclusión de Ah Tong. Que aprendieran los chinos la lección, dijo después el juez, porque la ley habría de cumplirse en Tahití aunque se hundiera el mundo.

Volvieron a conducir a la cárcel a los cinco *chinagos*. No estaban ni sorprendidos ni apenados. Lo inusitado de la sentencia no les asombraba después de tratar a los demonios blancos. No esperaban de ellos sino lo inesperado. Aquel terrible castigo por un crimen que no habían cometido no era más de extrañar que la infinidad de cosas raras que hacían continuamente. Durante las semanas siguientes, Ah Cho contempló a menudo a Ah Chow con leve curiosidad. Iban a decapitarle con la guillotina que estaban alzando en la plantación. Ya no habría para él años de reposo ni jardines de tranquilidad. Ah Cho filosofaba y especulaba sobre la vida y la muerte. Su destino no le preocupaba. Veinte años eran sólo veinte años. Tantos más que le separaban de su jardín, eso era todo. Era joven y llevaba en sus huesos la paciencia de Asia. Podía esperar. Cuando esos veinte años hubieran transcurrido, los ardores de su sangre se habrían aplacado y estaría mejor preparado para aquel jardín suyo de calma y de delicias. Se le ocurrió un nombre para bautizarlo. Lo llamaría «El jardín de la calma matinal». Aquel pensamiento le alegró todo el día y le inspiró de tal modo que hasta inventó una máxima moral sobre la virtud de la paciencia, máxima que proporcionó un gran consuelo a sus compañeros, especialmente a Wong Li y a Ah Tong. A Ah Chow, sin embargo, no le importó mucho la máxima. Iban a cortarle la cabeza dentro de muy poco tiempo y no necesitaba paciencia para esperar el acontecimiento. Fumaba bien, comía bien, dormía bien y no le preocupaba el lento transcurrir del tiempo.

Cruchot era gendarme. Había trabajado durante veinte años recorriendo las colonias, desde Nigeria y Senegal hasta los Mares del Sur, veinte años que no habían logrado agudizar de forma perceptible su mente roma. Seguía siendo tan torpe y tan lerdo como en sus días de campesino en el sur de Francia. Estaba imbuido de disciplina y de temor a la autoridad y entre Dios y su sargento la única diferencia que existía para él era la medida de obediencia servil que debía otorgarles. De hecho, el sargento contaba en su cabeza más que Dios, a excepción de los domingos, cuando los portavoces de este último elevaban su voz. Dios, por lo general, le resultaba un ser remoto, mientras que el sargento solía estar muy a mano.

Cruchot fue quien recibió la orden del presidente del tribunal por la cual se ordenaba al carcelero que entregara al gendarme la persona de Ah Chow. Pero ocurrió que el presidente del tribunal había ofrecido un banquete la noche anterior al capitán y a la oficialidad de un buque de guerra francés. Su mano temblaba al escribir la orden y, por otra parte, los ojos le escocían tanto que no se molestó en leerla. Al fin y al cabo se trataba solamente de la vida de un *chinago*. Por eso no se dio cuenta de que al escribir el nombre de Ah Chow había omitido la última letra. Así, pues, la orden decía Ah Cho, y cuando Cruchot presentó el documento al carcelero, éste lo entregó a la persona que correspondía a ese nombre. Cruchot instaló a esa persona a su lado, en el pescante de la carreta, detrás de las dos mulas, y se la llevó.

Ah Cho se alegró de ver la luz del sol. Sentado al lado del gendarme, resplandecía de felicidad. Y resplandeció aún más cuando vio que las mulas se dirigían al Sur, hacia Atimaono. Era indudable que Schemmer había pedido que le devolvieran a la plantación. Quería que trabajara. Pues muy bien, trabajaría. Schemmer no tendría el menor motivo de queja. Era un día caluroso. Los vientos habían amainado. Las mulas sudaban, Cruchot sudaba y Ah Cho sudaba. Pero era este último quien mejor soportaba el calor. Tres años había trabajado en la plantación bajo aquel sol. De tal modo resplandecía y tan alegre era su expresión, que hasta la torpe mente de Cruchot se asombró.

—Eres muy raro —le dijo al fin.

Ah Cho afirmó con la cabeza y resplandeció aún más. A diferencia del magistrado, Cruchot le hablaba en la lengua de los canacas, que Ah Cho conocía, al igual que todos los *chinagos* y todos los demonios extranjeros.

—Ríes demasiado —le reprendió Cruchot—. Deberías tener el corazón lleno de lágrimas en un día como hoy.

—Me alegro de haber salido de la cárcel.

—¿Eso es todo? —dijo el gendarme, encogiéndose de hombros.

—¿No es bastante? —preguntó él.

—Entonces, ¿no te alegras de que vayan a cortarte la cabeza?

Ah Cho le miró con súbita perplejidad y le dijo:

—Vuelvo a Atimaono, a trabajar para Schemmer en la plantación. ¿No es allí adonde me llevas?

Cruchot se acarició, pensativo, los largos bigotes.

—¡Vaya, vaya, vaya! —dijo finalmente, propinando a la mula un suave latigazo—. Así que no lo sabes...

—¿Qué no sé? —Ah Cho comenzaba a experimentar una vaga sensación de alarma—. ¿Es que Schemmer no va a dejarme trabajar más para él?

—A partir de hoy, no —dijo Cruchot con una carcajada. La cosa tenía gracia—. De hoy en adelante ya no podrás trabajar. Un hombre decapitado no puede hacer nada, ¿no?

Le dio un codazo al *chinago* en las costillas y volvió a reír.

Ah Cho guardó silencio mientras las mulas trotaban a lo largo de una milla calurosa. Luego habló:

—¿Va a cortarme la cabeza Schemmer?

Cruchot sonrió, afirmando con la cabeza.

—Ha habido un error —dijo Ah Cho gravemente—. Yo no soy el *chinago* a quien han de decapitar. Yo soy Ah Cho. El honorable juez ha decretado que pase veinte años en Nueva Caledonia.

El gendarme se echó a reír. Tenía gracia aquel *chinago* tan raro que trataba de engañar a la guillotina. Las mulas cruzaron al trote un grupo de cocoteros y recorrieron media milla junto al mar resplandeciente antes de que Ah Cho hablara de nuevo.

—Te digo que no soy Ah Chow. El honorable juez no dijo que hubieran de cortarme la cabeza.

—No tengas miedo —dijo Cruchot, guiado de la filantrópica intención de hacerle el trance más fácil al prisionero—. No es una muerte dolorosa. —Chascó los dedos—. Visto y no visto. Así. No es como cuando te ahorcan y te quedas colgando de la soga, pataleando y haciendo visajes durante cinco minutos enteros. Es más bien como cuando matan a un pollo con un hacha. Le cortan la cabeza de un tajo y asunto terminado. Pues lo mismo con los hombres. ¡Zas!, y se acabó. No te dará tiempo ni a pensar si duele. No se piensa nada. Te dejan sin cabeza, o sea, que no puedes pensar. Es una buena forma de morir. Así me gustaría morirme a mí, rápido, rápido. Has tenido suerte. Podías haber cogido la lepra y desmoronarte poco a poco, primero un dedo, luego otro, después un pulgar y, finalmente, los dedos de los pies. Conocía a un hombre que se abrasó con agua hirviendo. Dos días tardó en morir. Se le oía gritar a un kilómetro a la redonda. Pero ¿tú? Muerte más fácil... ¡Zas! La cuchilla te corta el cuello y se acabó. Hasta puede que te haga cosquillas. ¡Quién sabe! Nadie que haya muerto de ese modo ha vuelto al mundo para contarlo.

Esta última frase le pareció muy graciosa y durante medio minuto se estremeció de risa. Parte de su alborozo era fingido, pero consideraba un deber humanitario animar al *chinago*.

—Pero te digo que yo soy Ah Cho —insistió el otro—. No quiero que me corten la cabeza.

Cruchot frunció el ceño. El *chinago* llevaba la cosa demasiado lejos.

—No soy Ah Chow... —comenzó a decir Ah Cho.

—¡Basta! —le interrumpió el gendarme. Hinchó los carrillos y trató de adoptar un aire fiero.

—Te digo que no soy... —empezó de nuevo Ah Cho.

—¡Calla! —bramó Cruchot.

Avanzaron un rato en silencio. Entre Papeete y Atimaono había veinte millas de distancia y habían cubierto ya más de la mitad del recorrido cuando el *chinago* se atrevió a volver a hablar.

—Tú estabas en la sala cuando el honorable juez investigaba si habíamos cometido algún delito —comenzó—. ¿Te acuerdas de Ah Chow, el hombre a quien van a cortar la cabeza? ¿Recuerdas que Ah Chow era alto? Pues mírame a mí.

Se puso en pie de pronto y Cruchot comprobó que era de baja estatura. Y en ese mismo instante asomó por un momento a la memoria del gendarme la imagen de Ah Chow y era ésta la imagen de un hombre alto. A Cruchot todos los *chinagos* le parecían iguales. La cara de uno le resultaba exacta a la de cualquier otro. Pero en cuestión de estaturas sí sabía diferenciar e inmediatamente cayó en la cuenta de que el que llevaba en el pescante no era el condenado. Tiró de las riendas de pronto, deteniendo a las mulas.

—¿Lo ve? Ha sido un error —dijo Ah Cho con una amable sonrisa.

Pero Cruchot estaba cavilando. Incluso sentía ya haber parado la carreta. Ignoraba que el presidente del tribunal se había equivocado y, por tanto, no se explicaba cómo había ocurrido aquello. Pero sí sabía que le habían entregado al *chinago* para que le llevara a Atimaono y que su deber era conducirle allí. ¿Qué importaba si le cortaban la cabeza sin ser el condenado? Al fin y al cabo era sólo un *chinago*. Y ¿qué importaba un *chinago* más o menos? Además, quizá no fuera un error. Desconocía lo que pasaba en el interior de las cabezas de sus superiores. Pero ellos sabían lo que hacían. ¿Quién era él para enmendarles la plana? Una vez, hacía mucho tiempo, había tratado de pensar por sus oficiales y el sargento le había dicho: «Cruchot, ¿es que se ha vuelto usted loco? Cuanto antes lo aprenda, mejor para usted. No está aquí para pensar. Está para obedecer y dejar que piensen los que saben hacerlo mejor que usted.» Sintió un aguijón de irritación al recordar aquello. Además, si regresaba a Papeete retrasaría la ejecución de Atimaono, y si luego resultaba que había vuelto sin motivo, le reprendería el sargento que esperaba en la plantación al prisionero. Para colmo, le reprenderían también en Papeete.

Tocó a las mulas con el látigo y éstas siguieron adelante. Consultó su reloj. Llevaban media hora de retraso y el sargento debía de estar furioso. Obligó a los animales a trotar más de prisa. Cuanto más insistía Ah Cho en explicarle el error, más testarudo se mostraba Cruchot. La seguridad de que aquél no era el condenado no mejoró su humor. Por otra parte, el conocimiento de que no era él quien había cometido el error le afirmaba en la creencia de que lo que hacía estaba bien. En cualquier caso, antes que incurrir en las iras del sargento habría llevado a la muerte a una docena de *chinagos* inocentes.

En cuanto a Ah Cho, cuando el gendarme le pegó en la cabeza con la empuñadura del látigo y le ordenó en voz baja que callara, no tuvo más remedio que obedecerle. Continuaron en silencio el largo recorrido. Ah Cho meditó sobre el extraño modo de proceder de aquellos demonios extranjeros. No había forma de explicarse sus acciones. Lo que estaban haciendo con él respondía a su conducta habitual. Primero, declaraban culpables a cinco hombres inocentes y, a renglón seguido, cortaban la cabeza a uno que, aun ellos, en su oscura ignorancia, juzgaban merecedor de sólo veinte años de cárcel. Y él, Ah Cho, no podía hacer nada. No podía hacer más que permanecer sentado ocioso y tomar lo que le daban los amos de la vida. Una vez se dejó dominar por el pánico y se le heló el sudor que cubría su cuerpo, pero pronto logró liberarse del miedo. Se propuso resignarse a su destino recordando y repitiendo determinados pasajes del *Yin Chih Wen (Tratado de la serenidad),* pero una y otra vez le asaltaba la mente la imagen del jardín de meditación y de reposo. La visión le torturó hasta que se abandonó al sueño y se vio sentado en su jardín escuchando el tintineo de las campanitas que pendían de los árboles. Y hete aquí que así sentado, en medio de su sueño, logró al fin recordar y repetir varios pasajes del *Tratado de la serenidad.*

Así transcurrió el tiempo amablemente hasta que llegaron a Atimaono y las mulas trotaron hasta el pie mismo del patíbulo a cuya sombra esperaba impaciente el sargento. Subieron a Ah Cho a toda prisa por los escalones que conducían a lo alto de la plataforma. A sus pies, a un lado, vio reunidos a todos los *coolies* de la plantación. Schemmer había decidido que la ejecución debía constituir un escarmiento y, en consecuencia, había hecho venir a los *coolies* de los campos, obligándoles a presenciarla. Cuando vieron a Ah Cho comenzaron a murmurar. Se dieron cuenta de que se había cometido un error, pero sólo lo comentaron entre ellos. Indudablemente, aquellos inexplicables demonios blancos habían cambiado de parecer. En vez de quitarle la vida a un inocente, se la quitaban a otro. Ah Chow o Ah Cho, ¿qué más daba uno que otro? Entendían a los perros blancos tan poco como los perros blancos les entendían a ellos. Ah Cho iba a morir en la guillotina, pero ellos, sus compañeros, cuando transcurrieran los dos años de trabajo que les quedaban por cumplir, volverían a China.

Schemmer había construido la guillotina con sus propias manos. Era un hombre muy mañoso, y aunque nunca había visto instrumento semejante, los franceses le habían explicado el principio en que se basaba. Fue él quien aconsejó que la ejecución se celebrara en Atimaono y no en Papeete. El castigo debía efectuarse en el lugar donde había tenido lugar el crimen, afirmaba, y, por otra parte, el hecho de presenciar la ejecución tendría una influencia muy beneficiosa sobre el medio millar de *chinagos* de la plantación. Él mismo se había prestado para actuar como verdugo y en calidad de tal se hallaba ahora sobre el patíbulo experimentando con el instrumento que se había ingeniado. Un tronco de guineo del grosor y la consistencia de un cuello humano, se hallaba bajo la guillotina. Ah Cho lo miraba con ojos fascinados. El alemán hizo girar una manivela, levantó la cuchilla hasta lo alto del castillete que había construido, tiró bruscamente de una gruesa cuerda y el acero bajó como un rayo cortando limpiamente el tronco del árbol.

—¿Qué tal funciona?

Era el sargento que en aquel momento aparecía en lo alto del patíbulo, quien había formulado la pregunta.

—De mil maravillas —fue la respuesta exultante de Schemmer—. Déjeme que le enseñe.

Volvió a hacer girar la manivela, tiró de la cuerda y de nuevo cayó la cuchilla. Pero esta vez no cortó más que dos terceras partes del tronco.

El sargento frunció el ceño.

—No va a servir —dijo.

Schemmer se enjugó el sudor que perlaba su frente.

—Necesita más peso —anunció.

Se acercó al borde del patíbulo y ordenó al herrero que le trajera un pedazo de hierro de veinticinco libras. Mientras se agachaba para atarlo al extremo de la cuchilla, Ah Cho miró al sargento y vio la oportunidad que esperaba.

—El honorable juez dijo que decapitaran a Ah Chow —comenzó.

El sargento afirmó con impaciencia. Pensaba en el camino de quince millas que debía recorrer aquella tarde para llegar a la costa barlovento de la isla, y pensaba en Berthe, una linda mulata hija de Lafière, el comerciante en perlas, que le esperaba al final de aquel recorrido.

—Yo no soy Ah Chow. Soy Ah Cho. El honorable carcelero se ha equivocado. Ah Chow es un hombre alto, y yo, como ve, soy bajo.

El sargento le miró y se dio cuenta del error.

—Schemmer —dijo imperiosamente—. Venga aquí.

El alemán gruñó, pero siguió inclinado sobre su trabajo hasta que el pedazo de hierro quedó atado tal y como él deseaba.

—¿Está listo el *chinago?* —preguntó.

—Mírele —fue la respuesta—. ¿Es éste?

Schemmer se sorprendió. Durante unos segundos profirió limpiamente unos cuantos juramentos. Luego miró con tristeza al instrumento que había fabricado con sus propias manos y que estaba ansioso de ver funcionar.

—Oiga —dijo finalmente—, no podemos retrasar la ejecución. Ya hemos perdido tres horas de trabajo de quinientos *chinagos*. No podemos perder otras tantas cuando traigan al condenado. Celebremos la ejecución como habíamos planeado. Al fin y al cabo, se trata solamente de un *chinago*.

El sargento recordó el largo camino que le esperaba, recordó a la hija del comerciante en perlas, y debatió consigo mismo en su interior.

—Si lo descubren, le echarán la culpa a Cruchot —le apremió el alemán—. Pero hay pocas probabilidades de que lleguen a averiguarlo. Puede estar seguro de que Ah Chow no va a decir nada.

—Tampoco echarán la culpa a Cruchot —dijo el sargento—. Debe ser un error del carcelero.

—Entonces, prosigamos. A nosotros no pueden culparnos. ¿Quién es capaz de distinguir a un *chinago* de otro? Podemos decir que nos limitamos a cumplir la orden con el que nos entregaron. Además, insisto en que no puedo volver a interrumpir el trabajo de estos *coolies*.

Hablaban en francés, por lo que Ah Cho no

pudo entender una sola palabra de lo que decían, pero sí se dio cuenta de que estaban decidiendo su destino. Supo también que era al sargento a quien correspondía decir la última palabra y, en consecuencia, no perdía de vista los labios del oficial.

—Está bien —anunció el sargento—. Adelante con la ejecución. Después de todo no es más que un *chinago*.

—Voy a probarla una vez más. Sólo para asegurarme.

Schemmer movió el tronco de guineo hacia delante hasta colocarlo bajo la cuchilla que había subido a lo más alto del castillete.

Ah Cho trató de recordar alguna máxima del *Tratado de la serenidad*. «Vive en paz y concordia con tus semejantes», fue la que acudió a su memoria, pero no venía al caso. Él no iba a vivir. Iba a morir. No, esa máxima no le servía. «Perdona la malicia.» Ésa ya estaba mejor, pero ahí no había malicia que perdonar. Schemmer y sus compañeros obraban de buena fe. Para ellos la ejecución era un trámite que tenían que cumplir, una tarea más, igual que talar la jungla, construir una acequia o plantar algodón. Schemmer soltó la cuerda y Ah Cho olvidó el *Tratado de la serenidad*. La cuchilla cayó con un ruido seco cortando el tronco en dos de un solo tajo.

—¡Perfecto! —exclamó el sargento interrumpiendo el proceso de encender un cigarrillo—. Perfecto, amigo mío.

A Schemmer le gustó el elogio.

—Vamos, Ah Chow —dijo en lengua tahitiana.

—Yo no soy Ah Chow... —comenzó a decir Ah Cho.

—¡Silencio! —fue la respuesta—. Si vuelves a abrir la boca, te rompo la cabeza.

El capataz le amenazó con un puño cerrado y Ah Cho guardó silencio. ¿De qué servía protestar? Los demonios extranjeros siempre se salían con la suya. Dejó que le ataran a la tabla vertical que tenía la longitud de su cuerpo. Schemmer tensó tanto las cuerdas que éstas se hundieron en su carne lastimándole, pero no se quejó. El dolor no duraría. Sintió que la tabla se movía hasta quedar en posición horizontal y cerró los ojos. Y en aquel momento vio fugazmente y por última vez su jardín de meditación y de reposo. Le pareció estar sentado en medio de él. Corría una brisa fresca y las campanitas que colgaban de los árboles tintineaban levemente. Los pájaros piaban soñolientos, y desde el otro lado de la tapia llegaban hasta sus oídos, amortiguados, los sonidos del pueblo.

Tuvo conciencia de que la tabla se había detenido y, de las tensiones y presiones a que estaban sometidos sus músculos, dedujo que yacía sobre la espalda. Abrió los ojos. Justo encima de su cabeza, la cuchilla brillaba a la luz del sol suspendida en el aire. Vio el peso que había añadido Schemmer y reparó en que uno de los nudos se había deshecho. Luego oyó la voz aguda del sargento que daba la orden. Ah Cho cerró los ojos apresuradamente. No quería ver descender la cuchilla. Pero sí la sintió. La sintió durante un vasto instante fugaz, un instante en que recordó a Cruchot y recordó lo que éste le había dicho. Pero el gendarme se había equivocado. La cuchilla no hacía cosquillas. Eso fue lo último que supo antes de dejar de saber nada.

Índice

Por un bistec 5

El chinago 39

༄

Por un bistec forma parte de un volumen titulado *El silencio blanco* y que constituye una excelente muestra de toda la obra de Jack London. Está publicado en «El Libro de Bolsillo» de Alianza Editorial con el número 673.

El chinago es el último de los relatos incluidos en el volumen titulado *Relatos de los Mares del Sur,* publicado también en «El Libro de Bolsillo» de Alianza Editorial con el número 733.